堀内統義詩集　ふぇっくしゅん

創風社出版

ふぇっくしゅん＊目次

ふぇっくしゅん

花野ゆく亡き父母《ちちはは》は風のなか

ふぇっくしゅん

いい一日でありたい　と
いつも願うばかりで
そうもいかない思いが
湿った風に洗われて
八月の夜の帳《とばり》が降りる
木々のさわぐ気配が
静かな波のように寄せてくると
夜のもうひとつ向こうに

深まる時間が生まれる
大きい一本の樹が
眠る　ぼくのなかへ
たっぷりとした広がりで
枝葉をのばす
浅い眠りが　ゆるむ
一日の深い裂けめ
その水辺には
樹につつまれた
ぼくと交わろうとする
見知らぬ人たちが
笑いさざめいて現れる
ぼくは水面に映って揺れながら

漂ってゆく
ゆらゆらと水を掻く腕は
どこへ還ってゆくのか
夢からこぼれる見知らぬ人たちと
この時間をたどれば
夏の夜明けのどんな場所で
なんでもない一日のしがらみを開き
生の振幅を潤わせるのか
誰にも　何もわかりはしないが
いつもより　少しだけ
なんでもない一日が
どこかしら湧いてきて
思いがけない　起き抜けのくしゃみ

ほんの　ちょっぴり
それだけのことに
ぼくが居ることを　居るところを
朝の月の光に照らされて
とりとめのない暮らしに戻っていく

日の丸弁当

六十年も
過ぎた思い出はたよりない
どこかずっと遠くの国か
古い映画のなかで
出会ったことのように
三津浜小学校一年三組の私たちは
遠足で「出合《であい》」を訪れた
石手川と重信川が合流する名所まで

電車を乗り継ぎ
さらに歩いて歩いて
ごろごろ転がる河原の石に腰を下ろし
弁当をひらいた
みよし先生の弁当箱には
白いご飯の真ん中に梅干しがひとつだけ
日の丸弁当っていうんだぞ
そうおっしゃって
おいしそうに
頬ばられた
先生のまなざしは西の空の雲へ
木陰はなかったけれど
風が吹いて　川の水の匂いがした

水面に石をはずませたり
いっぱい　ことばも投げあって
小魚やバッタを追いかけ
秋の昼は流れ
ずいぶん遠い日
もしかして
遠足は終わっていない　まだ
傾く夕陽が川面を染め
名残りおしくとぼとぼと
道の角を曲がり　曲がって
もう覚えていません
その子はどこへ帰りましたか

＊松山平野を流れる石手川と重信川が出会うところから名付けられた地名。現在は、いくつかの橋が架けられている。往時は「渡し」が利用された。正岡子規は中学時代の旧友武市庫太を訪ね、いくどもこの渡しを利用した。〈若鮎の二手になりて上り希《け》り〉は、明治二十五年初夏、「石手川出合渡」という前書をつけて、この地を詠んだ句。

驟雨《しゅうう》

潮と漁港の匂いをはらんだ
海からの風に吹かれ
八百屋の店先で
さとうきびを買って
嚙《かじ》りつき　甘い汁をしゃぶりながら
頭上の空に浮かぶ白い雲のように
戦災を免れた三津浜の
狭い露地を漂っていたころ

あれは　どんな物語のなかを
歩いていたのだったか
汗ばんだ小さな背中が揺れている
大人たちは生きるために忙しく
昼間はこどもたちの世界の
どこにもいなかった
ひとり　弟は部屋に寝転んで
カバヤ文庫に夢中だろう
ぼくはといえば
いつもいつも　何かを夢みながら
露地をうろついては
きまって　驟雨にうたれた
花をつけた木槿《むくげ》の　木立の影が

地面いちめん散らばって
雨粒に　躍るのを眺めていた
跳ねるような一日が
咲いていたな木槿のように
汗ばむばかりの暑さが
地熱のかげろうになって
燃えさかった
ぼくの心が木槿の枝にかかり
揺れながら　虚空からの雨に洗われ
なにもかも遙か流れさった
ぼくは　ぼくが誰なのか知らず
ぼくでないぼくを探して
うろついて

三津浜の町は
いつも夕立に煙っていた

白楊会館

野菜サラダは美容に懸ける
宮本の翠《みどり》姉さん
大嶋のお祖母さんが
サツマイモを　蒸《ふ》かし
イワシを煮付けているのは
僕の母ちゃん
夕凪《ゆうなぎ》で蒸し暑い台所は
賑やかに活気づく

ヒロシマの原爆で
父親を亡くした宮本さん一家
満州からの大嶋さんは
沖縄戦で父が戦死
我が家は平壌からの引き揚げ者
近所のキリスト教会に貸していた
二階の広い講堂を
入居者総出で掃除したり
お姉さんたちの寝姿を
目当てに忍び込んだ覗き魔が
あわてて逃げた庭の足跡に
鋭く釘を刺し　呪い
毒蛾が湧いた庭の木イチゴを　刈り

井戸では西瓜や桃を
冷やして　分けて食べた
賑やかに皆で
近所の腕白どもと仕掛けた穴に
大嶋のたかちゃんを落としたところ
お祖母さんはたかちゃんを
一晩　庭木に縛りつけ
悪さをしたぼくらは　身の置き所なく
自らを省みなければならなかった
そうした心意に抱き取られた
かけがえのない住処が
我が白楊会館
いまも　いつまでも

＊松山市三津浜にある白楊会館は昭和三年、愛媛女子師範学校卒業生たちの研究活動、親睦、団欒、宿泊などのため「われらが家」をつくろうとしたことに始まる。資金は在校生・同窓生の寄付によってすべてまかなわれ、昭和九年五月に落成。戦争を経て、同校は新制大学の教育学部に吸収。母校なき会館は同窓生に守られてきた。戦後しばらく住宅事情が悪かった時期には、海外から身一つで引き揚げてきた家族などの生活の場となった。その後、結婚式場、教育相談、茶道や華道、手芸教室などに利用されたが、高度経済成長とともに利用者も減少。維持に携わった同窓生たちも高齢化を窮め、平成十四年、会館を愛媛大学教育学部へ寄贈。しかし大学は、即座に民間事業者に売却。改築・改装のうえ、レストランやカフェとなって現在に至る。

雲の中で散歩

キアヌ・リーブス主演「雲の中で散歩」を見た

第二次大戦が終わり
故郷に帰還したアメリカ兵ポールは
チョコレートのセールスをして旅を重ね
メキシコでぶどう園の娘と恋に落ちる

懐《なつ》かしい伯父に出逢った気分
菓子屋奉公の若者は　いろいろな菓子を
工夫をこらした容器に飾りたて

瀬戸内は芸予《げいよ》の島々
広島、山口の町や村を商《あきな》いの旅でまわった
ロマンスこそ知らないが自分の店を築いたのだ

戦時中まで和菓子屋を営んだが
菓子作りの金属機器をすべて
武器生産に必要な資源確保のため供出
戦死した兄の妻を
自分の嫁とすることになった
ぼくの母の姉だ
商いにつきものの悲喜こもごもの日々
戦争に翻弄《ほんろう》される若者の姿
時をこえて　映画館の暗闇で

ポールを伯父に重ねてしまった

伯父の家の前には神社があり
うちは神様の隣人じゃ　そんな冗談で
苦しい戦後の暮らしを笑いとばし
外地から引き揚げたぼくの両親まで
引き受けて一緒に暮らした

商売をたたんで　だだっ広くなった三和土《たたき》で
伯父と一緒に　ラジオから流れる
長嶋茂雄の六大学新記録
8号ホームランの瞬間を聴いた
従姉《いとこ》の部屋では

彼女が買う「平凡」や「明星」を
ぼくも夢中で読み耽《ふけ》った
「雲の中で散歩」の暗がりから
輝くものとの触れあいが甦《よみがえ》り
ともあれ　すでに亡い伯父や従姉に
久しぶりのあいさつを送ろう
とても楽しかったね　と

＊『雲の中で散歩』（一九九五年制作）
一九四二年のイタリア映画『雲の中の散歩』をリメイクしたラブ・ストーリー。
監督は『赤い薔薇ソースの伝説』のアルフォンソ・アラウ

時の外にいるのだろうか

入り江奥の神社から
樹々が満潮の水面まで
枝を垂れている
木蔭をくぐり抜け
櫂を　一漕ぎ二漕ぎ
滑ってゆく小舟で
彼は賽《さい》をふっている
眼を半眼に唇はぶつぶつと

何かを唱え
身体は揺れている
じきにかき消えてしまう　影のように
水面に映る賽のあとさき
夢にあらわれる死者のつね
彼は口をつぐみ　日や月や風　波に
洗われている
この舟便は新しい
朝は火をのみ
夕には石を
舟は滑る
　時の
外へ

飯焚く小舟

「おまんはどこや、わいは安芸の三津や」とシャレたことを言うが、漁師仲間や船乗りたちに、安芸三津と伊予三津はゴッチャになるほど、よくまちがえられた。それほど伊予三津とは海上生活者はよく往き来し交際もあった。　＊

凍えた指を
バケツの湯でぬくめ
あなたは
売り歩く魚をさばいた
新聞紙をバケツにかぶせ
つぎの露地へ
これはこれで　いちにちが
いまは　わかるのです

わいは
伊予の三津や
救いようもない　日々
どうか　ゆるしてくれるやろうか
魚のはらわたの　血の匂い
波また波の　月日は
行けども行けども
風に　聞こえはしない
秋風に向けて飯焚く小舟かな　＊＊
この海に湧く霧よりも
深く　わいは
人間　やったろうか
伊予の三津よりも

なにより
飯焚く小舟に　わいは
揺られて　許しを乞いたい
晩い秋の陽に文字は暮れ
湯冷めを遅らせた
しわくちゃの新聞紙が舞う
　いまも

＊　進藤松司『安芸三津漁民稿　瀬戸内海西部の漁と暮らし』（神奈川大学日本常民文化叢書３・平凡社）
＊＊伊予江戸期の俳人栗田樗堂の句

ロングロングアゴー

離れて久しい生まれ故郷
幼いころを過ごした港町三津浜
すっかり繁華な面影を失ってしまった街並みに
町おこしの美術展など　なんども
吸い寄せられるように足を運ぶようになった
そんな会場のひとつ
趣きある民家旧鈴木邸が　なんと
高校時代に国語を教わった鈴木清先生の

お住まいであったことを
かつてのクラスメイトから知らされて　驚いた
住み込んで管理している
顔見知りになった若い知人に伝えると
蔵書がとても多いわけに
合点がいったと喜んでくれたが
町おこし拠点の一つとなっているにかかわらず
そうした消息さえ伝わっていないことに
複雑な感慨を禁じ得なかった　でも

半世紀前　四国松山の町の春先
とある高等学校の中庭
花壇に咲くアネモネの側で

鈴木先生は女生徒に囲まれて
ギリシャ語の「風」が花の名前の語源だよと
楽しそうに語らっていた
たまたま通りかかった私の耳にも心にも
アネモネの由来は刻まれたのだ
誰か生徒がつま弾くイギリス民謡が
音楽室から流れてきて
つたないピアノに合わせて
先生を囲む一団が
　語れ愛でし真心
　久しき昔の
　歌えゆかし調べを
　過ぎし昔の・・・・・

＊

と口ずさみはじめたのだった
映画の一場面のように生きる歓びが輝いていた
背が高く　お話が巧みな鈴木先生は人気者だった
あだ名は「ロング」
背が高いだけでなくアゴが長くて
誰からも「ロング」と親しまれた先生
三津浜で懐かしい先生に　また出会えた！

＊　ロングロングアゴー（久しき昔）訳詞・近藤朔風

親父の胸に

帰宅して
階段を上がってくる父に
とびついて
くわえタバコの先が
右目を直撃した
驚いた両親は
すぐに三津浜の町の
目医者へ直行

それでも
目が痛い　と
グズリつづけるぼくに
うろたえて
翌日　松山市内の
病院を訪ね
なぜ　昨日のうちに
来なかったのかと
医者に　とがめられたという
洗浄が十分でなかったのだ
目のまわりに
ガーゼを置かれたところまでは
うっすら

覚えているが
あとの記憶はない
手術のあと半月ほど
眼帯をして過ごしたことは
遊ぶのに不自由であった思い
とともに心に残っている
外地から引き揚げてきた両親は
母の姉の嫁ぎ先の
二階の一室を間借りしていた
厳島《いつくしま》神社の真ん前にある家であった
そうした日々でのできごと
あの親父の胸に
とびつくようなときもあったのかと

なにかちょっと　今では
まぶしい贈り物をもらったような
気持ちになる老年を迎えた
あのときの親父より
はるかに年長の
自分がいる

カバヤ文庫

＊

小学校へ入ったばかりの
昭和二十八年ころ
一箱十円のカバヤキャラメルを買うと
カードが入っていて
それを何枚か　ためれば
世界名作物語の本が手に入った
めったになかったが
我が家では

＊＊

ときどきなにかの折りに
一円か二円をもらえた
それは駄菓子屋で
相撲の力士が描かれたパッチンを
買い集める楽しみにつかった
正月のお年玉では
奮発してカバヤのキャラメルを買う
そんなに貴重なものだったから
カードをためるというのも
なみたいていのことではなかった
それでもピノキオと
ロビンフッドと
ふたつのお話はこれでもらって読み

大切に保管した
愛すべき記念すべき人生初の蔵書
廊下の片隅に置いて
そのごく限られた場所は
思っただけで世界が
豊かに楽しくなる
生き生きとした空間になった
そうだな　ピノキオとロビンフッド
　ふふふふ
大人になったぼくのなかに
こっそり隠れているよ
いまも

＊　カバヤ食品株式会社から、キャラメルの景品として『シンデレラひめ』『ジャックと豆の木』などがリライトされて刊行された。昭和二十七、八年の頃。

＊＊昭和の子どもの遊びとして広く流行したメンコ。松山辺りではパッチンと言った。

余寒消息

椿祭《つばきさん》がすんだら　　＊1
春はもうそこじゃあ　松山《まっちゃま》では
そう　昔からいいよるがねや
とうちゃんよ
今年は　いかんわい
いつまででも
さぶいてて　ひやいてて
ほいで　やっぱり

そっちも寒《さぶ》いんかぁ
行ったこともないとこは
ようわからんのやが
どんなぞな　もし
かいさまかもしれんが　＊2
お彼岸までは
もうじきじゃけん
せぇぜい
ぬくうにしとおきよ
ほうほう
きょうのことの
椿さんのねきをクルマで　＊3
通りしなに見よったら　＊4

石井小学校の端《はた》い
大きなバイパスがついとった
まだまだ　できだちぞよ
まっすぐ西いむいて
とうちゃんが育った和泉の方へ
アスファルトが濡れたように
まっさらじゃったが
よういいよったな
とうちゃんらが　こんまいころは
家から学校《がっこ》まで　いちばん遠おてのお
じきに下駄がちびるもんじゃけん　＊5
石井村から　下駄のちび賃を
もろとったんじゃいうてなぁ

はじめて聞いたときは　たまげたが
クルマで走ってみたら
こんまい子《こお》が　よお毎日歩いたもんじゃ
昔の人は自分の足がたのみぞね
松山《まっちゃま》までも歩いたんやろな
じいさんらは　ご城下い　いてこうわい
いいよったがなあ
とうちゃんらはぁ
松山《まつやま》は　まっちゃま
今治《いまばり》は　いまはる
おはようございます　は
おはようございました　じゃったねえ
こんばんわ　は

おしまいたか
これで　世代《とし》がわかったもんよ
そんな人らは　もう
みいんな　広島い牛蒡《ごぼう》を掘りにいってしもた　＊6
まあ　じゅるたんぼでも　＊7
よいたんぼでも　＊8
わやくちゃでもねや
もうちょっと　わしゃぁ
こっちを　歩いとるけんな
あずることも　＊9
なんぎなことも
あるけどのう
とうちゃんが　しまいころ

どこぞを歩いてきては
道路工事の
三角コーンを集めてきよったなあ
さっぱり　わけがわからんかったんよ
戻してきても
返してきても
すぐに　また提げてくる
晴れ晴れとした顔してなあ
おまいら　まがるなよぉいうての　＊10
とうちゃんは
どないになったんぞ
いなげなことしてからに　＊11
さっぱり　へんじょこんごぞぉ　＊12

そう思ぅて　途方にくれかけたわい
なんで　三角コーンやったんやろなあ
宿題をやりくさしじゃぁから　＊13
わしゃぁ　もうちいとこっちで
きょろきょろするしかないかのう

＊1　椿祭…旧暦一月八日を中心に三日間行われる伊予豆比古命《いよずひこのみこと》神社の祭礼。毎年参拝者は六十万人前後に及ぶ。

＊2　かいさま…逆さま、あべこべ。

＊3　ねき…近く。

＊4　通りしな…通りかかった時、折り。

＊5　ちびる…消耗する、減る。

＊6　広島い牛蒡《ごぼう》を掘りに…葬送の忌み言葉。「広島に煙草を買いに」、「広島に茶を買いに」とか、単に「広島に行く」ともいう。ヒロシマとは、広い静かな人里、シマ

は人の住むところの意味。

＊7　じゅるたんぼ…ぬかるみ。

＊8　よいたんぼ　…酔っぱらい、酔いどれ。

＊9　あずる…苦しみ悩む。てこずる。

＊10　まがる…触《さわ》る、触れる。

＊11　いなげな…異な怪《げ》（気《げ》）。変な、風変わりな。

＊12　へんじょこんご…遍照金剛（弘法大師の尊号）。そのお経は有り難いが、衆生にはわかりにくい。転じてわけがわからないことの意。

＊13　やりくさし…やりかけ、途中。

親父、俺も七十四歳《ななじゅうよん》になったよ

トイレの土壁に
ほぼ　楕円形に直立した
茶色く染まった汚れがある
身長一八〇センチ
明治生まれにしては長身であった
父の背丈の口許のあたり
くわえ煙草のまま　小用を足し
長年にわたり　煙と脂《やに》を吹きかけつづけ

九十歳まで壁土に刻んだ喫煙の名残り
こどものころ　いつも
使い走りで　買いにやらされたね
「ＳＨＩＮＳＥＩ」だよ
ぼくのなかに住んでいる父を
木の葉の影のように　うつらうつら騒がせる
心慄わせる父親の背なか
あまり深く迷いこまないようにしてはいるが
まぼろしの尾てい骨を思わせる混沌に
抱き取られている
窓辺に明るむ静寂《しじま》には
春は沈丁花《じんちょうげ》の赤みがかった花が香り
蝉時雨が盛夏を告げ

金木犀の甘い匂いが秋を
霙《みぞれ》にうたれる山茶花は冬を映し
水が低いところへ流れるように暮らしも流れていく
晩年　テレビの時代劇ばかり愉しんでいた父に
イスラム主義勢力タリバンが
アフガニスタンにね
「勧善懲悪省」なるものを設置したよって
今日は　教えてやろう
はっきりしているけれど
分からないのは
どうやら　ぼくはあなたの息子で
この歳になっても　まだ夢からさめず
言葉のこちら側で迷ってばかり

まもなく　すっかり
ひきはらわねばならぬ　というのに

＊　しんせい（ＳＨＩＮＳＥＩ）　一九四九（昭和24）年から二〇一八（平成30）年まで、日本たばこ産業（ＪＴ）が製造・販売していたたばこの銘柄。戦後復興を背景にした新銘柄として名付けられた。

コキ１０４

えっ、ひょっとして「コキ１０４」？
あれっー、まあ懐かしい
何年ぶりでしょう

昭和三十二年の暮れ　我が家は
県の建て売り住宅に申し込み
めでたく当選
念願の一戸建てに入居

新たな隣人となったお宅へ
ご挨拶にうかがった折り
ご主人とぼくの母が
お互いに
驚きの声をあげたのだ

戦前、母は粟井小学校へ勤務
松山も南西の外れ
吉田浜にあった自宅から
旧国鉄三津浜駅まで
長い長い道のりを
着物姿で
自転車を走らせ

列車に乗っての通勤
いまとは違い　まあ悪路の連続
乗るはずの列車に
間に合わないことも多く
慌てては途方にくれる
見かねた駅員の皆さんは
続いて走行してくる貨物列車に
とくべつに乗れるべく
取りはからってくれるようになった
厚意に甘えざるをえない日々は
多かったらしい
縁は奇なもの味なもの
新たな隣人　瀧口さんは

貨物列車の乗務員で顔馴染み
なんとも思いがけない
再会であったのだ
それにしても
遅刻常習の新米教師で
知れ渡っていたとは
ありがたいあだ名まで頂戴して

昔、少々のろまで
慌てものの娘がおりました
母です　ぼくの

＊　正確ではないが旧国鉄の貨物列車の記号として、ここでは仮にこうしておくこととする。

芙蓉《ふよう》の花は

そのとき母が笑いながら言った
先生　あたしの息子にそっくりじゃね
なに言ってるの　おばあちゃん！
あなたの息子でしょ
すかさず妻が声をかけ
病室に笑いがはじけ
夕立にでも洗われたような光が溢れた

自宅近辺を散歩しながら
山川草木のうつろいを楽しみ
病気知らずだった母が
思いがけず腸閉塞に見舞われたのは
白寿を迎えたばかりの秋の一日
全身麻酔をほどこされた大手術で
紅葉狩りどころではなくなった

所用で留守にしていた私が
韓国から帰国した足で
病室に駆けつけ
ようやく顔をのぞきこむなり
発したのが先のひとこと

日がな一日　天井をながめては
うとうとしていた母の頼みの綱といえば
執刀していただいた先生なのだ

あれ　つねよしかね
もぐもぐと　入れ歯をはずした口が動いて
ゆるやかな時間が揺れ
小さな母が大きなベッドで
なぜ　ここにいるかも
どうでもよくなり　眠りはじめる
そして　山川草木はどうしているか
家の近くに咲く芙蓉の花は
夢見られているか

日の遍歴

こどものころお日さまは
山から昇って海へ沈むものと
信じて疑わなかった
東を山に西を海に
限られた町で育ったから

大きな町で暮らして
家並みから上がり

家並みに傾く
太陽とつきあった
遠い南の島で　朝日は
海から湧き出て
海へ落ちる夕陽を眺めた
山並みから現れ　山並みへ
消えるところも
旅をした

時代の日差しに晒されて
伸び縮む一本の木の影のように
心のなかを巡るものを夢みて
抱《いだ》き続けてきたのだ　日の巡りを

歩き続けてきたのだ
夢のなかで訊《き》かれた道を

夢が現実になり
現実が夢のようになって
それでもあのはるかな日は
巡っている
変わるものも変わらないものも
夕焼けのように溶かして
見えるものも見えないものも
朝焼けのように染めて
どこへいくのか
空の波を搔き分けて

日月のはずれを

虹（アミヌミヤァ）　与那国島にて

与那国島へ　旅をして
菅原克己さんの詩の一節を
思い浮かべました

島、といっただけで
このよのどこかに
ひっそりなにかがあるような
ひとつの島がありました。

「虹」です
虹がありました

思わず
見とれてしまった
溢れる光と風のかなたに
架かる　虹
アミヌミヤァ　というのだそうです
天宮か
雨宮
言葉のひびきが
美しく快い

ところが
雨を呑む者
というのだそうです

恵みの雨をことごとく呑み尽くす厄介者《やっかいもの》
南の島に織りなす人の生を
傷《いた》めつける　天の蛇
旱魃《かんばつ》をもたらす
雨をすべて呑みつくす
アミヌミヤァが
鮮やかに
壮麗に

天水に頼る暮らしの空を
これほど　彩るとは

島、といっただけで
それはもう
島でもかげでもなく
それでもなにかがあるような
ひとつの島がありました。

＊　菅原克己詩集『遠くと近くで』（『菅原克己全詩集』西田書店）より

彷徨《さすらい》の時間《とき》

韓国・江原道（カンウォンド）旌善（チョンソン）を訪れて

広い野面《のづら》には光の波
川面《かわも》のきらめき
畑のなかでは
大きな木の　葉群が揺れる
はじめての土地には秋がきていた
ぼくは眺める
ぼくは感じる
ぼくは信じる

旌善という土地で
ぼくはよく知っている秋に出会い
懐かしい　陽の扉をあけた
峠を越えてきた　この土地で
ぼくはぼくになる
忘れていた原生的な知覚さえ
血のようによみがえる
さあ　この町を生み出した
陽の扉をノックしよう
町の空を
古い歌が通りすぎる
風のように　光のように
アリランは風にのり

秋の陽のすこし先を流れて弾む
ぼくは耳のタラップを踏もう
こころの翼に　キラキラうけて
空の鳥になった
どこかへ向かう旅ではないよ
昨日のぼくから　さまよい出る
彷徨《さすらい》の時間さ
今日を越えて明日へ
うつら　うつら
九月の山の光には　明るい愁いが湧き
ぼくのからだもこころも
その雲に　その霧に
抱《いだ》かれ　ほぐされて

そう　ぼくは弦のように鳴りひびく
アリラン　アリラン　アラリヨ

昼下がりに「リチャード」で

コーヒーを飲みながら
ともだちととりとめのないことを
しゃべり合うのは愉しい

ああ、「いそしぎ」ね
高二のとき映画館で見たなあ
リチャード・バートンに
エリザベス・テイラー

あの二人が夫婦になって　たしか
初めての　共演だったはず
主題歌もヒットしたっけ
「シャドウ・オブ・ユア・スマイル」
喫茶店などでもよく流れてたんじゃない

「若草物語」の彼女が好きだったよ
末っ子のエイミー役だった
そうなんだ、ぼくはジョーが良かった
屋根裏部屋だったかな
女の子なのに　リンゴをガブリと嚙るんだ
それがなぜかかっこよくて
ふふっ　真似したのかい　へぇー

ところがね　映画のワンシーンだったか
原作の小説の　一場面の印象か
もう思い出せないんだよ　やだよね

敵役《かたきやく》や悪役　存在感があって
うんっ　リチャード・ウイドマークだろう
そうそう　非情な笑顔
冷徹な役が絵になったねぇ
あだ名がハイエナだもの
いやぁー、シビレタなぁ　あの存在感
「アラモ」にも出ていたね
主演はジョン・ウェイン
もう　西部劇なんて時代じゃなくなった

ほんと　すっかりね

忘れてるよ　リトル・リチャード
「のっぽのサリー」だ
ロックンローラーから牧師になってさ
ゴスペルを歌ってね
でも　またロックに復帰したよな
ポール・マッカートニーなんか
影響されてんだろ
うん　歌い方ね
なんたって　ロックの革新者にして
創始者、立役者だもの

おっ　リチャード・ギア
「愛と青春の旅だち」
「プリティ・ウーマン」
黒沢の映画にも出たね
「八月の狂詩曲《ラプソディ》」、もう三十年ほど前か
「男はつらいよ」をネタにしたＣＭがあったな
そうそう　ちょっと勘弁してよって
えっ　そうなのおもしろかったよ

喫茶店「リチャード」での　ひととき
通りに面した窓からの微風《かぜ》で
思い出も　雑誌のページも捲《めく》れて
いまだ日は高く

秋の雲　湧きやまず

ベランめぇー

やっと上半身が
　起きあがれるようになりました。　＊
菅原克己さんの「朝の手紙」書き出し二行に
目が行ったのは　思いがけず突発性難聴で
入院した病院のベッド
経験したことない目まいが
やっと治まり　ようやく
上半身を起こせるようになり

言葉を交わすようになった同室の隣人と
向き合って話ができ始め
釣りの話しに驚いた朝のこと
　ベラなんぞは
　釣り上げる魚じゃないよ
　大潮の干潮を狙って
　朝まだ明け切らないうちに
　砂浜を鍬で掘り返せば
　おもしろいようにとれるけんねぇ
この魚は日が暮れると
砂に潜って眠るそう
寝込みを襲われたら　たまったものじゃない
魚にとっちゃぁ

ベラぼうめ
ベラんめぇーってとこ
大漁話しなんだけれども
なぜだか　どこか気持ちがはずまない
突発性難聴なんて
我身も根こそぎ
娑婆《しゃば》から掘り返されて
目が回り歩くことも
立ち上がることもできなかった
寝不足と読書はダメと言われつつ
こっそり読んでいた『菅原克己全詩集』
　ベッドの上に棒のように転がったまま
　何だか、人間の、

一番最初に戻ったようです。　　＊＊
ベラに襲いかかる禍々《まがまが》しい朝が
身にはばかられ
また菅原さんの詩句にもどる

＊、＊＊とも『菅原克己全詩集』「朝の手紙」より

シルエットは

とびっきりの
一杯の
熱いコーヒーのように
あのとき
世界が
さしだされるだけで
よかったのに
蓄音機《グラモフォン》が　ふれまわる

陽光の来歴が
はなやいで
　（わたしは）
　（わたしも）
耳の奥へ迷い込む
メロディー
ポッカリわたしにあいてしまった
いくつもの穴
換気扇が回っている
朝の喫茶店は
ほのぐらい
新聞の活字が
日和雨の

大きな雨粒のように
はぜて…
たくさんのこと
忘れたかった影法師を
咳き込ませる
　　あなたたちは　わたしたち
　わたしたちは　あなたたち
沸きかえる
日々のくらしに
呼びとめられ
いつだって
憧れているよ
勤め人のように

陸橋を渡り
街へ出て
片目を瞑《つむ》り
　片目を光らせ
コーヒーのだい好きな
精霊になって
空を引っ掻く　夢を
わたしの穴が
いくつもの雲になって
ポッカリ浮かび
風にまかせて
流れていくなんて
ね

歩いていたら、なんとなく方丈記

石手川のほとり
小さな庭のそばを
Y字になった道が通っている
ひとつは　住宅街へ下りていき
ひとつは　河川敷の公園にそって
河口に向かってのびていく
住宅街への道には
幾千ものことばがひしめいている

花屋があり薬局や
スーパーにコンビニ
郵便局や電車の駅
デパート地下の
惣菜売り場に
ふきこぼれる日常
泡立っている街の流れに
（心、念々に動きて、時として安からず。）

＊

河口に向かう道に戻れば
河川敷を散歩する人　ジョギングする人
発声練習に没頭する人
クラリネットの音色を風に乗せる人がいる
木でアオバズクが子育てする木立の繁みに抱かれ

涸れてしまった　ことばを
川の流れに洗わせよう
川床は白くかわいている
伏流水が風に匂いたつ
失語の微粒子の濁りを日と風にさらそう
ベッドにひっくり返っているように歩こう
手足をのばして　ひろげ
歩きつづけ　歩く歓びの泡沫《うたかた》の先
忘れ物のように　ふわふわと
野に散る時間の流れの彼方《むこう》へ
河口へ　うつつの外れ　道の果てへ
日の暮れは早いか
遙かに　海は光っているか

雲間から射す日の一瞬
アジサシのはばたきのような
明日をとらえたか
暮れてゆく今日のシルエットの闇へ
水切り石を弾ませよう
行く川の流れは　絶えずして
いつもいつも　新しいや

＊　三木卓『私の方丈記』（河出書房新社）より

背中

冷えた清涼飲料水の棚に向かい
扉を開けたとたん
陳列品の奥から
人の話し声が湧きあがった
わっ！と
何かが降りおろされた気がして
思わず　コンビニを飛び出したまま
ここまできた

どうせ　よくあることで
ひまな店員たちの雑談が洩れたのか
それはそうなのだが
頭から降ってきたものに
うながされるように
単純に歩き続けただけ
夕暮れの堤　枯れた桜の葉が
明かりを落とした　たましい
古びた記憶のように
揺れているのをただ　眺めている
薄く光っている水辺
初冬めいた　ひとけない河口
波立つ時間に　耳を澄ませると

流れる砂が　夕闇に浮き上がるよ
洩れる息のようにね
洲のなだらかな湿りが
添えられた誰かの腕のように
のびている
いろいろなことがおこって
何も確かめられなくて
何かが頭へ降りおろされ
ぼくを捕まえようとするので
走って　走って
河口へ
あげくに　かがみこんで
考えているところだ

いったい　何を
夢のなかでもない
夢のなかで

春雨

こどものころから
春雨がいい　好きだ
〈月様、雨が…
〈春雨じゃ、濡れてまいろう
なんて柄ではない
月形半平太など
とてもとても
ただ　春の細い雨に似ている

春雨が大好きだ
煮物でも炒めても
サラダや和《あ》え物　鍋に入れても

高校生になり
北村太郎さんの

車輪のまわる音はしずかな雨のなかに、
雨はきしる車輪のなかに消える。　　＊

煙る春の「雨」にこめられた
喜びと苦しみに　魅せられ
漂ってくるパン焼き工場の匂いに

われわれの屈辱を見ることを　教わった
しかし　詩行が量りつくそうとする
（人の生くるはパンのみによるにあらず）
という深淵に　たちつくすばかり

何のためにわれわれは管のごとき存在であるのか。

＊

ぼくは
あいも変わらず　春雨をはじめ
かずかずの糧を
腸に流しつづけてきた
北村さんが投げかける「雨」に
挽肉や唐辛子で味付けては

この世を味わいつづけている
ふりやまぬ春雨に曇るガラスの
こちら側で
きしる車輪に耳傾けて
迷子札をつけてないだけの姿を
さらして

ね

＊　北村太郎「雨」より

ホヴァリング

いまは無人の島となった由利島にて

鍛冶屋尻《かじやのしり》　をぬける
船頭畑《せんどばた》の斜面を上がり
寺床《てらどこ》へ向かう野道で
ビロードツリアブに出会った
タンポポの蜜にきている
遠くきらめく海面に　一点
あやうく溶けることを忘れ
ホヴァリングする姿

彼のちからが　密生する黄褐色の毛につつまれてまるっこく
昼下がりの島で　明るんでいる　輝いている
ぼくは　その長い口吻で
花の奥深いところに至ったように
一瞬　身にはまとわぬ羽を震わせ
地上に
つながれた体を
揺らして
浮上したのだ
確かに
ヴェルベット、初夏に
ふくらむ光に

「とぶ」と求められて

ぼくという流体の内部が重力と反対の方向に受ける力について

しらしら明け。かそけさ。とぶのではなく、
流れていく東雲。うすいうすいスクリーンがふるえる。
移ろうもの。惜しむもの。熟れるもの。朽ちるもの。満ちるより欠けるもの。
いととんぼ。ふるえる翅に流れる風。とぶよりも舞う水辺。見えないさざなみ。
水紋が広がっては消える。

飛ぶより走る。跳ぶより歩く。
飛ぶよりさまよう。跳ぶよりぶらつくほっつく。漂泊する。

シャッターより裏木戸。マンゴウより枇杷の実。
プールよりたらい。ロックより雷鳴。シャワーより夕立。

広がる渚を歩く。濡れた砂子。
かたどられるものが繰り返し波に洗われる。
砂に消える時間。
足裏の飛ぶ瞬間をたわめて踏みしめる。
水際の痕跡を波が襲う。
転位する時間が崩れる。
あまたの砂　かすかな浮力へ

逢ひに行く

武士末電気店の
看板の奥に
きじ猫がまるまって
眠りこけている
手押し信号は
めったに変わらない
(ぶしすえ　ぶしすえ
　ふぉい　ほい

こどもたちの声が
まだ漂いのこり
いつかだれかが雨宿り
にわか雨は海へ去り
スニーカーの跡は
腐りません
六車生花店の明かりは落ち
(むぐるま　むぐるま
　ふぉい　ほい

チューリップ花屋の外に暮れにけり　＊

＊　谷さやん句集『逢ひに行く』(藍生文庫・富士見書房)

お～いっ
溜池のQ太郎やぁ～い

Q太郎は友だちだ
高校生のころ
家の近所にあった溜め池で
出逢った亀だよ
樋門の石組みで日がな
甲羅干しにふけっている
波の連なり
風の運び

光の揺らぎ
遠い　まぼろし
いったい　あれはどこの
岸辺だったのだろうか
十八歳のぼくは
自分自身に最も遠いヤツで
行き暮れて
眠ってばかりの
Q太郎を眺めているだけで
ひとかき　ひとかき
どこかに泳いで行ける
ような気になろうとした

あれからもずっと
Q太郎は
どこかの水辺にいる
眠っているような
乾いた甲羅を
ぼくのまなざしで濡らしたい
懐かしいけれども
波や風　光の揺らぐところ
ひとかき　ひとかき
どんなに進んでも
Q太郎には届かない
目の前にいてもいいはずなのに
少しも届かない

Q太郎の気配に眼が眩《くら》む
やっぱり　遊んでばかりのぼくだから
夜が明けるたびに
夢のなかに　消えて行くのかな
一茶も言ってるよね
〈月花や四十九年のむだ歩き〉って
こちとらは七十年だぜ
まったく・・・

まめて

「まめて」

豆手でもなければ
豆って
まあ　目って
でもない

二歳の女児の

舌足らずな
「やめて」

あたりまえな
やめて
より
いきいきと
生命にあふれ
ことばの井戸から
汲みあげたばかりの
まぎれもない息遣いが
脈打つ

「まめて」

風が
若葉に
やあっ　て
あいさつするように
耳を　くすぐる
ひからびても
縮かんでもいない
ことばの
はずみ
熱いいのちの勢《はず》み

あやうくて
でも　おずおずと
うまれる原初からの
ろれつの弾《はず》み
ことばのしずく
ちょっと甘酸っぱくて
いい香り

無鉄砲

雨ばかり続く日　広告チラシがささやく
「ロビンソン　舟を出せ　詩を　書こう」
チラシ裏の余白に　言葉のかけらが　浮き沈み
子どものころ　小川に流した笹の葉が
そう　こんな風に波紋を描いたな
ロビンソン・クルーソーは舟をつくった
三か月もかけた丸木舟
二十六人は乗せられるはずだったか

雨の日の午後
いまにも　溶けだしそうな文字が　紙片を漂う
木の葉が雨にぬれ　光る枝葉
わずか一メートル先には
生彩に溢れた世界が広がる
雨の日の寄る辺ない部屋には
広告チラシ裏の余白にひとり　漕ぎ出し
どうやらいつものように　徒手空拳
ロビンソンになれない　空っぽのぼくの影が
うなだれて　居眠りしているだけ
さ

つるっ　と

川畔には木立ちが繁り
日溜まりには五、六人
カメラを構えた人たち
年輩の人ばかり
どうやらカワセミの捕食を狙っている
みなぎる生の息吹　輝く一瞬を
捉えようと待ち構えている
中州にのびる木の枝には

一羽のカワセミ
流れのなかの影へ全身を傾けている
カワセミは魚を己の生命をつなぐために漁《すなど》る
機を見て勢いよく　つるっ　とホバーリング
川面へダイブし
リアルなシャッターチャンスがはずみ
ざわめき　ときめき
川面には光が溢れ
水は静かに流れ
空には雲がぽっかり浮き
ときは秋
この世のかたすみにあって

真夏の夜の浅い夢

八月の青い夜
静かな寝息だけが通りに溢れ
ことばは　すっかり影をなくして
銀河の夢を眠る猫が
二匹　長くのびて
小さな腹を波うたせるだけ
かつて狭い田んぼをつないだ畦道が
住宅街を曲がりくねって走る通りに化けて

この深い夜のかたすみで
クルマも
白い半ズボンも
鉛筆立ても
コーヒーカップも
なにもかも
たぎるヤカンも
刻まれる野菜の音も
まどろみに沈んだ闇夜の
夢見られる舷灯
夜の奥に湧いた雲に轟く
ゴロゴロ
遠雷は浅い夢の岸辺を

田んぼに出現したかりそめの家々を
波立てて通り過ぎる
ぼくは菅原克己さんの詩を口ずさむ
「ここでは
ことばに重い意味はない。
いま、まわりで眠っている者たちの
安らかな寝息の重さほどにも。」
稲の葉の夜露のように
存在の視野に懸かり
ゆっくり
眠りに
抱きとってくれる
猫の波うつ腹

＊「　」内は『菅原克己全詩集』（西田書店版）による。

いわし雲

秋の空は
いいな

うろこのような無数の雲が
いちめんに散らばって広がる
青い空には　なにか
思わず誘いこまれるような
目眩《めまい》をおぼえる

いわし雲は五〇〇〇メートル以上の
高い空にかかるんだって
さざ波
群れるいわし
うろこ
鯖《さば》の斑紋
広がる小石
さまざまに　むかしから人の心を
とらえてきた
白い雲が
ひたすら
ただ全天に広がり
一日が一日であることを

鮮やかに浮かべながら
映しながら
すこしづつ　うつろい
姿を変えていく
空を眺めていると
妻がゐて子がゐて孤独いわし雲　＊1
と詠んだ俳人や
日に三時間は、詩を書いていたいな。　＊2
そうつぶやいた詩人
が　たまらなく愛《いと》しくなって
その言葉に　染められ
雲の白さ　空の青さ
褪《あ》せぬままでいてくれよ

なんて
思わず溺れてしまう　　　な
迷い雲になって

＊1　安住　敦
＊2　中桐雅夫「日課」

凄いねツバメさん

巣立ったツバメの雛たちが
電線にずらりとならんで餌をせがんでいる
泥だんごの巣とおさらばして
今年も同じ光景が繰り返される
雛の糞を調べたら
アリの破片ばかりだったそう
五、六月にアリは交尾のため羽が生え
結婚飛行をする

それをツバメたちは捕らえて雛に与える
それにしても遠い洋上を飛来しての子育て
ご苦労さま　と頭がさがるよ
うちのうち　そこのせこの
ねきじゃけん　ぢきにいねるんよ　＊
とは　ツバメたちには言いにくいなあ
ずぼらでなまけぐせ　から
いまだに　ぬけでられないぼくなぞは

＊　うちのうちそこのせこのねきじゃけんぢきにいねるんよ
（松山の方言、わたしの家はそこの路地の近くだからすぐに帰れますよ）

秋祭

みかんの青い皮をむくと
祭囃子《まつりばやし》が　ふりかかる
ざわめく音色は予感のようなもの
一瞬の日差しが
柔らかく　かさをまし
縁台を染めていく
揺れる雲の影の気配は
どこから心のなかへ

滑りこんだか
その辻には
姉の木履《ぼっくり》が　りんりんと鳴るだろう
錦紗《きんしゃ》のおたもとが　揺れている
むいたみかんの皮のように
おべべを垂らし
ちいさな影が　酸っぱい
匂い立つみかんの中へ
歩いていった
ひとすじの細い道を
ふってくる音に
あまねく照らされるように

耳を澄ますと
鈴の響きは　遠のき
誰でもない　からっぽの手に引かれ
黒い影は
振りむかず背を向けて
まるいみかんの中へ消え
風に押され
ころころと帰っていった
時間のみなもとの方へ

遠くへ行けない
幼い子どもだったぼくは
避けようもなく

みかんを食べることに
閉じこめられている
ぼくは
鍋のへこみのように
置き去られ　祭りということを除けば
秋のなんでもない昼下がり
わたしたちの内蔵のなんという孤独
台所のくらがりで
やかんの湯が　煮立っている
この一日が　噴きこぼれている
露わにむかれた混沌という
安堵へ

＊

＊　新井豊美詩集『波動』「ひまわりよ　見たか」

遠雷

おりからの雷雨で　日ごろからうす暗い理科室は　さながら監獄の檻のなか　薬品の匂いがいっそう深まって　そのとき石丸先生がおっしゃった　雷は雲のなかで氷の粒がぶつかって　たまった電気が放電するんだ小さな粒は軽いから気流で雲の上の方へ　大きな粒は下へ降りてきて　雲の上の方はプラス　下の方がマイナス　一瞬に空中放電する　ショートだよな　まあ雷のたびいちいちそんなことを思う人は　少ないだろ

うが　いやいやいないだろうね　原理だよ　雷さまが
鳴ったからおへそを取られる　桑原桑原と称えたら落
ちない　蚊帳に逃げこめば大丈夫　雷さまは鬼のようで
虎の皮のふんどしを締めて　太鼓を打ち鳴らしている
なかには落とした太鼓を　鉤で釣り上げようとするど
じな奴もいる　人間はそんなことでにぎやかに騒ぐ
理屈があり　物語ができる　どちらがいいってことで
はないが　世の中はそんなもんだ　雷雨で真っ暗に
なった理科室の匂い　先生の話が胸の奥にひっかかっ
て　どじな雷さまのように鉤を垂らしたまま　何十年
かが雲のように流れていった　石丸先生は　次の春に
大阪へ出て行き　ぼくたちの前から姿を消してしまわ
れた　ぼくたち中学生も仕事や高校へ　雨粒のように

散り散りばらばら　先生の話し声だけが遠雷のように
響くことがある　ふいに

パノラマ

記憶に埋もれた庭の向こう
広がる畑のかなた
ゆっくりと翳り
行き交う影は　蝶
木立の蔭や
軒先、閉ざされた鎧戸を
かすめる捕虫網の揺らぎが
ルーレットのように　躍って

夢のまどろみ
（どこにもあるようで
　どこにもない）
空《から》になった喧噪が
ハミングする
円光のあでやかな　輝き
ここで私は名乗る
語り手は失われたまま

日の照る白い夏
遠ざかる蝶よ
群れなす木槿《むくげ》の樹冠は
明るく　きらめき

跳び跳ねる軌跡
屋根も戸口も硝子戸も
あらゆるものは
いちどきに見えてくる空洞《うつろ》の
すみずみへ消える

塵も花粉も
消えやらぬルーティンに崩れ
円光の狂喜に出し抜かれ
雲に映える両義性は
残照に翳りつつ
木槿の葉をひるがえす

立ったまま　眠る昼を
蝶が通り過ぎる
記憶の起伏に
光跡を描き
消え去った逸脱は甘い
そのとき　白い網に
長い沈黙に　墜ちる感光板は
かき消え
捕虫網のまぼろしは
いまだ触《さわ》れぬ昼の
照りはえる梢を吹き抜ける

名づけられぬ風のように

春うらら

いまどきめずらしい柱時計
振り子の揺れがゆるやかに時をきざむ
雨上がりの春の終わりの昼どき
ニッキ・パロットの歌う　＊
イエスタデイ・ワンス・モアに耳傾けながら
明治に建造された蔵に
少しばかり手をいれた私設の
ピクチュアー・ブック・ライブラリーで　＊＊

受け付けの仕事を楽しんでいる
老後のボランティア
わが三津浜　ぼくが生まれ育った町で
もういっぺん見知らぬ人たちとの触れあいを
ぼんやり平凡な時の流れにたたずむように
うけとめて年とったぼくは坐っている
深まる春のこの静かな
昼の青葉の影を浴びながら
この世のどこかにいるように

＊　ニッキ・パロット（１９６６年〜　）
　　オーストラリアのジャズ・ボーカリスト、ベース奏者。
＊＊ピクチュアー・ブック・ライブラリーくらら（松山市三津浜）

父母《ちちはは》は銀河にありて虫しぐれ

後記

南西諸島の島々を旅することに魅せられている。とりわけ二十代から三十代にかけては何度も足を運んだ。谷川健一氏の著作をはじめ、南島に関わる多くの書物を渉猟する日々。与那国島や波照間島には海彼に南与那国《ぱいどなん》島、南波照間《ぱいぱとろー》島というユートピア幻想があることを知る。苛酷な人頭税など離島苦に淵源することはいうまでもない。幻の島の実在は強く信じられていた。明治二十五年には、沖縄県知事から海軍省に南波照間島探索の要請も。これに対して「所在も不明の島嶼探索の道なし」との断りがあったと語り継がれているほどだ。

若かった私は南与那国や南波照間の在りようにとらえられた。そのうち年齢を重ねるほどに、そうした幻想を夢見ながらも島にとどまり、現実を引き受けた人々の日常の在りように自分の思いを重ねることが多くなった。与那国から南与那国へ、波照間から南波照間へその渡りきれぬ海のことを思う。ついには、けして渡りきれぬ海。その海へのまなざしを忘れることなく己と向き合う。日々を生きる。日々の平凡な時間を迎える。自分の足許を見つめる。渡りきれぬ海を渡り続ける毎日こそが、生きること、人生なのだといまは思う。

堀内統義（ほりうち・つねよし）

一九四七年松山市三津浜生まれ。同市在住。一九六五年四月から八〇年三月まで首都圏で暮らす。「野獣」「異神」「開花期」「孔雀船」「舟」等の詩誌をへて、現在は個人詩誌「漣」を発行。

詩集

『平和風平和な街にかかる祝祭星座』（冬至書房）『罠』（昭森社）『海』（創樹社）『ゆくえ』（インクスポット）『日の雨』（ミッドナイト・プレス）『夜の舟』『楠樹譚』『耳のタラップ』『ずっと、ここに』（創風社出版）

詩論集・評伝

『喩の島の懸崖』（創風社出版・愛媛出版文化賞）

『峡のまれびと 夭折俳人芝不器男の世界』（邑書林・愛媛出版文化賞）

『恋する正岡子規』（創風社出版・愛媛出版文化賞）

『戦争・詩・時代』（創風社出版・愛媛出版文化賞・詩歌句随筆評論大賞奨励賞）

『青い夜道の詩人　田中冬二の旅　冬二への旅』（創風社出版・日本詩人クラブ詩界賞）

ふぇっくしゅん

2023年8月29日 発行　　定価＊本体2000円+税

著 者 堀 内 統 義

発行者 大 早 友 章

発行所 創 風 社 出 版

〒791-8068 愛媛県松山市みどりヶ丘9－8
TEL.089-953-3153　FAX.089-953-3103

振替 01630-7-14660　http://www.soufusha.jp/
印 刷　㈱松栄印刷所

ISBN978-4-86037-335-1 C0092